Der
Kasus Knaxus Lateral
Und andere
Überraschungen

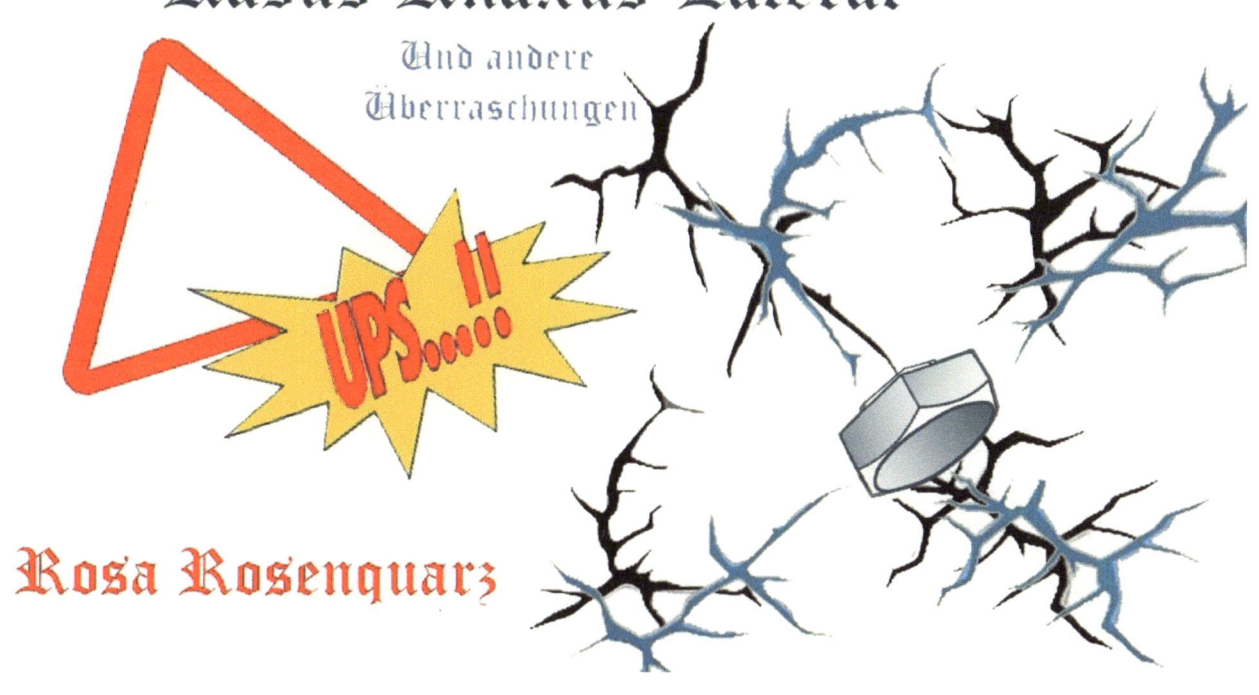

UPS.....!!

Rosa Rosenquarz

FSC
www.fsc.org
MIX
Papier aus ver-
antwortungsvollen
Quellen
Paper from
responsible sources
FSC® C105338

Herstellung und Verlag:
BoD - Books on Demand, Norderstedt
ISBN 978-3-7392-1902-8

Der Kasus Knaxus Lateral und andere Überraschungen

beschreibt wahre Geschichten aus meinem täglichen Leben, die sich anhören, als seien sie frei erfunden.

Was passiert, wenn grundverschiedene Charaktere und Bedürfnisse aufeinander prallen?

Wenn Menschen aus südlichen Kulturkreisen Themen völlig anders angehen als Zeitgenossen aus unseren Breitengraden?

Dann entsteht ein bunt gemixter, frischer Lebens- Cocktail. Sogar ernste Themen wie Tod und Trauer erlebte ich derartig absurd und skurril, das ich nicht umhin kam darüber zu berichten.

Mein Fokus richtet sich dabei allein auf die Betrachtungsweise der Andersartigkeit.

Rosa Rosenquarz
Berlin, im November 2016

5

Rosa Rosenquarz

ist in Berlin geboren und aufgewachsen.
Sie ist Künstlerin und Designerin von Beruf. Als Dozentin für Deutsch als Fremdsprache, Kunst und Kostüm war Rosenquarz viele Jahre auch im Ausland tätig. Während dieser Zeit entdeckte sie Ihre Leidenschaft zum Schreiben.

Rosenquarz beflügelte dabei ihre Lebenserfahrungen zu betrachten wie ein Vogel und bewusst auf Wertung zu verzichten.

Mit Rosa´s selbst ironischer Art beschreibt sie ihr Leben frei aus dem Bauch heraus. Alles ist relativ und kommt auf den Blickwinkel des Betrachters an.

"Was dem einen seine Eule, ist dem anderen seine Nachtigall !"

Christian Jungblut

Inhalt:

Der Kasus Knaxus Lateral und andere Überraschungen

Für meinen Sohn Valentin - Timo

Der Kasus Knaxus Lateral

In Brunos Wohnung konnte man getrost vom Fußboden essen. Es blitzte wie in der Meister Propper Werbung. Als ich ihn zum ersten Mal in Portugal besuchte, überschlug ich mich förmlich vor Begeisterung: Endlich mal ein echter Traummann, der meine Neigung zum Chaos durch vorbildliche Ordnung und Keimfreiheit ausbalancierte.

Die erste Zeit erfreute ich mich an seiner gelebten Sauberkeit als inspirierende Heilquelle gegen mein inneres und äußeres Wirrwarr. Doch nach einer Weile überforderte mich sein Reinlichkeitsdrang zunehmend.

Selbst wenn ich mir im Bad nur die Zähne putzte, stand Bruno wie bestellt mit Wischmoppeimer ausgerüstet an der Badezimmertür, um sofort im Anschluss an meinen Zwei-Minuten- Aufenthalt die heiligste Örtlichkeit seines Palastes von Grund auf zu desinfizieren. Es war so, als würde man eine Münze in die City Toilette werfen, woraufhin aus tausenden von Düsen unter Hochdruck Desinfektionsmittel minutenlang den Lokus im Rundumschlag bespritzten, um unter hundertprozentiger Garantie sicherzustellen, dass die Örtlichkeit anschließend in absolut antiseptischer Perfektion begehbar war.

Unweigerlich kam ich mir vor wie eine Lepra-Kranke, obwohl ich vor Gesundheit nur so strotzte.

Abgesehen von der vorbildlichen Sterilität in Brunos vier Wänden musste sich jeder Gast zunächst mit der Funktionsweise seines Haushalts vertraut machen. Es gab da nämlich unendlich viele Details zu beachten, die außerordentlich wichtig waren, um unerwarteten Katastrophen aus dem Wege zu gehen.

Fangen wir mit der Elektrik an. In nur einer einzigen Steckdose im Wohnzimmer befand sich ein antiker Fünffachstecker, der ab und zu gespenstisch blitzte. Die gesamte Wohnzimmer-Elektrik wurde aus dieser einzigen Steckdosenkonstruktion zentral geregelt und die vielen Stecker hingen wie überreife Tomaten an diesem Stromkabel, das an eine Zündschnur erinnerte. Wer aus Versehen besagtes Konstrukt berührte, lief Gefahr, dass weder das Telefon, noch die Stereoanlage funktionierte. Das Licht flackerte und ging aus. Es gab einen Kurzschluss, oder man fing sich eine gewaltige Ladung Elektroschläge ein, so dass einem die Haare wie dem leibhaftigen Struwwelpeter kranzförmig in alle Richtungen zu Berge standen.

Auch das Badezimmer durfte nur auf Zehenspitzen betreten werden.

Die Duschvorrichtung wackelte und drohte von der Wand zu fallen. Deshalb gab es eine detaillierte Dusch- Gebrauchsanweisung, die genauestens eingehalten werden musste.

Zudem war es strengstens verboten sich sitzend auf der Kloschüssel nach rechts oder links zu bewegen. Und das hatte einen einfachen Grund: Der Fuß dieser Klosett Schüssel wies mehrere Risse auf, die mit Hilfe von Silikon zusammengekittet waren.

Bewegte man sich nach links, löste sich die rechte Klosett-Seite vom Boden ab, als würde ein Segelboot die Kurve schlagen. Dann schwebte die rechte Lokus Seite in der Luft, was die mit Silikon gekitteten Risse strapazierte. Die Kloschüssel drohte scheppernd auseinanderzubrechen. Deshalb lautete die Vorschrift, sich ausschließlich frontal aufs Klosett zu setzen und wieder zu erheben, als würde man ein Stützkorsett tragen und dabei Kniebeugen machen.

Der Kasus Knaxus war in den lateralen Rissen des Fußes verankert, die das Klo zum Wackeln brachten.

Und diese Furchen wurden mir zum Gräuel! Deshalb schlug ich Bruno eines Tages vor das WC zu reparieren. Leider umsonst: Er verbot es mir unter Strafandrohung! Grundsätzlich duldete er nicht, dass irgendjemand außer ihm selber, auch keine Handwerker! sich an seinem fragilen Hausstand zu schaffen machte.

Was sollte ich nur tun? Ja, ich lag sogar nachts wach...
...wälzte mich hin und her ...überlegte her und hin... bis mir eine Lösung einfiel.

Ich wusste, dass sich die Silikonspritze in der unteren Holzschublade in dem antiken Wandschrank befand. Dem Risiko eines fürchterlichen Tobsuchtsanfalls kühn die Stirn bietend, ja ohne mit der Wimper zu zucken, beschloss ich einfach, massenweise Silikon unter den rechten Keramik Klo-Fuß zu spachteln, bis sich dieser nicht mehr vom Boden lösen konnte.

Selbstverständlich musste diese Aktion heimlich von statten gehen.

Da Bruno meine innerhäuslichen Aktivitäten stets mit Adleraugen kontrollierte und überwachte, musste ich gleich morgens früh die Gelegenheit ergreifen das Klo zu reparieren.

Bruno ging stets haargenau eine halbe Stunde vor mir aus der Tür, weil sein Job als Psychologie Lehrer früher anfing als meiner im Modeatelier.

Fest entschlossen wartete ich eines Morgens ungeduldig darauf, dass Bruno das Haus verließ. Kaum hörte ich die Tür ins Schloss fallen, sprintete ich zur riesigen Holzschublade, die voller Werkzeug war, und zog an dem Messinggriff.

Die Schublade klemmte. Ich zog etwas kräftiger. Nun quietschte sie auch noch störrisch dazu.

„Du blöde Schublade, geh endlich auf, sonst passiert was!", drohte ich ihr. Und tatsächlich reagierte diese alte verklemmte, quietschende, riesige Holzschublade prompt auf meine Drohung. Als würde sie kräftig niesen wollen, brach sie überraschend mit einem fürchterlichen Knall aus dem Wandschrank.

Es donnerte wie bei einem Unwetter und ich hatte auf einmal die gesamte Schubladenfront samt Messinggriff in der Hand.

Das Werkzeug flog in alle Richtungen und überschüttete mich von oben bis unten, ich stolperte und knallte unsanft auf den Fußboden. Wie ein gespickter Rehrücken, war ich mit Werkzeugen, Nägeln, Farbtöpfen, Silikonspritze, Nitroverdünnung und Mottenpulver übersät.

„Aua! Au weia, au weia, was ist jetzt passiert? Das hat mir gerade noch gefehlt. So ein verdammter Mist, das gibt Ärger, garantiert!", befürchtete ich, rappelte mich gequält aus dem Werkzeugsalat heraus und rieb mir meinen schmerzenden Arm, den der Hammer gerammt hatte.

So schnell ich nur konnte, räumte ich die herumliegenden Sachen hektisch wieder in die Schublade. Ohne Schubladenfront sah alles fürchterlich rumpelig aus. Also versuchte ich diese zickige Schubladenfront wieder in ihre Vorrichtung einzuhängen. Leider schaffte ich es weder die Schublade in der Eile genauso wieder einzuhängen, wie ich sie vorgefunden hatte...noch das Klo zu reparieren.

Es half alles nichts, ich musste los und entschied mich die Klosett-Schüssel Reparatur auf einen anderen Tag zu verlegen!

Dann rief ich Bruno an, der sich erwartungsgemäß fürchterlich aufregte.

Um mich vor weiteren Moralpredigten zu hüten, verzichtete ich auf meinen Plan das Klosett in Ordnung zu bringen. Und so wackelte das WC fröhlich weiter...

Eines schönen Sonntagmorgens, nachdem das Badezimmer vorbildlich desinfiziert war, begab sich Bruno auf die Örtlichkeit.

Ich war im Begriff das Haus zu verlassen und gerade dabei mir die Schuhe zuzubinden, um die Sonntagszeitung zu holen.

Plötzlich vernahm ich einen Ohren betäubenden Lärm, der sich wie Flaschenrecycling anhörte. Ich zuckte zusammen. Müllabfuhr am Sonntag? Das ist aber merkwürdig, wunderte ich mich, ging zum Fenster, konnte aber weder Müllmänner noch die fetten grünen Müllwagen erblicken.

Eine Männerstimme brüllte verzweifelt aus tiefster Brust „Filha da Puta! Caralho" und dann „socorro, socorro, socorro!" portugiesische Flüche, Kraftausdrücke. „Hilfe Hilfe, Hilfe!"

Das war doch eindeutig Brunos Stimme. Was war denn passiert?

Ich klopfte an die Badezimmer Tür. „Zum Teufel, mach die blöde Tür auf und hilf mir doch endlich!" schrie Bruno hysterisch.

Ich trat kräftig gegen die Tür, bis sie aufsprang und traute meinen Augen nicht. „Was ist denn mit dir passiert?" gluckste ich gebremst. Doch dann konnte ich einfach nicht anders als in schallendes Gelächter auszubrechen.

Ich prustete los vor Lachen, musste mir den Bauch halten, lachte Tränen, schlug mir vor Belustigung auf die Schenkel und konnte mich überhaupt nicht mehr beruhigen, obwohl mir Schadensfreude normalerweise völlig fern liegt.

Inmitten einer Überschwemmung lag der arme Bruno, umzingelt von Keramik Scherben. Der Fuß des Beckens ist am Kasus Knaxus lateral zum allerletzten Mal in tausend Teile zersprungen. Allen Silikon Rettungsmaßnahmen zum Trotz ist das Klo unwiderruflich unter Brunos Gewicht zusammengebrochen.

Der Fossilien Aufstand im Frauen Fitness

Es war ein langer, anstrengender Arbeitstag.

Mein Kopf qualmt. In der ungemütlichen Dunkelheit mache ich mich via Fahrrad im peitschenden Schneeregen auf den Weg zum Fitness Club. Heute gelingt es mir beim besten Willen nicht meinen inneren Schweinehund zu weiteren sportlichen Aktivitäten zu bewegen.

Also begebe ich mich direkt in die Sauna und komme genau zur rechten Zeit. Erfreulicherweise duftet es nach frischem Minze Aufguss. Beschwingt breite ich mein Handtuch aus, lege mich in die Horizontale und schließe seufzend die Augen auf die langersehnte Entspannung, endlich!

Kaum habe ich mich ausgestreckt, rammt jemand polternd die Glastür auf und gibt im hysterisch schnarrenden Sopran lautstark eine Beschwerde zum Besten: „Haben Sie den Aufguss gemacht?"

Nichts Gutes ahnend und absolut nicht zum Streiten aufgelegt, entgegne ich murmelnd ein schlichtes, leises „Nein!" zurück. Dann ziehe ich mein Handtuch noch tiefer ins Gesicht.

„Wer soll das denn sonst gewesen sein? Hier sind ja nur Sie! Ich bin allergisch gegen diesen fürchterlichen Minze Gestank, bekomme davon geschwollene Augen und Hautausschlag!" keift die durchdringende Stimme erbarmungslos weiter auf mich ein.

Entnervt reiße ich das Handtuch vom Gesicht herunter, springe mit einem Satz auf und erblicke eine dunkelbraun, Solarium verbrannte Gestalt. Ihr Gesicht erinnert an eine Rosine, so voller Runzeln, senkrechten Stirnfalten und tief nach unten eingegrabenen Mundwinkel. Wie eine Giftnatter faucht sie mich streitlustig an.

"Du ahnst es nicht! Auf Sie habe ich gerade noch gewartet nach diesem stressigen Tag! Wenn Sie mit Ihren überschüssigen Energien nicht wissen wohin, warum betätigen Sie sich dann nicht sportlich auf dem Stepper oder reagieren sich bei European Tae Bo ab, anstatt mich voll zu frusten?"

Die verrunzelte Giftnatter kreischt mich an: " Werden Sie mal nicht unverschämt, Sie rücksichtslose Zicke! Ich bin allergisch gegen den Minze Gestank!"

„So, jetzt will ich Ihnen mal was sagen!" brülle ich zurück. "Wenn in einem voll besetzten Airbus ein Fluggast unter Laktose Allergie leidet, sind dann die restlichen einhundertfünfundsiebzig Passagiere dazu verdonnert nur wegen einer einzigen Person geschlossen Sojamilch zu trinken? Wohl kaum. Warum verziehen Sie sich denn nicht in eine Anti-Allergiker Sauna, wenn Sie von der herkömmlichen Sauna Frustritis bekommen? Was, zum Henker, haben Sie dann hier verloren?"

Bevor sie antworten kann, ergänze ich „Außerdem haben Sie es geschafft mir meinen wohl verdienten Feierabend zu versauen! Sie vertrocknete, alte, Frust... Fot....Fot...Fot..." bevor ich mich vergesse, schnappe ich Luft. Nach einer passenden Alternative suchend, schmettere ich schließlich tief ausatmend "Fossile!" Erleichternd grinsend wiederhole ich langsam „Sie vertrocknete, alte Frust Fossilie!" dann stürze ich schnellstens hinaus und knalle ihr die Sauna Tür um die Ohren.

Wutentbrannt stampfe ich herunter in die Umkleide, ziehe meinen Badeanzug an und stürze, wie von der Tarantel gestochen, Kopf über in den Pool. Es ist mir völlig egal dass die Schminke in alle Richtungen verschmiert und ich aussehe wie Alice Cooper! Der Adrenalin Schock treibt mich an als hätte ich einen unsichtbaren Turbomotor verschluckt. Wie besessen kraule ich eine halbe Stunde die Bahnen hin und her. Danach geht es mir besser.

Nach der Befreiungsschlag Schwimmaktion kann ich mich endlich erschöpft und ungestört in der leeren Sauna entspannen. Es ist spät geworden...

Neulich war ich tatsächlich Zeugin eines Angriffs der vertrockneten Frust Fossilie auf eine Rechtsanwältin im Fitness Club. Die Anwältin ließ sich nicht so leicht verscheuchen, sondern trommelte das gesamte Club Management zusammen und zeigte Frau Fossilie sogar bei der Polizei wegen Belästigung, Ruhestörung und Beleidigung an.

Danach ist es still geworden um die Solarium verbrannte Fossilie mit den Zuckerwatte-blonden Haaren. Das Problem ist damit jedoch noch lange nicht gelöst: Identische Fossilien dieser Art sind im Frauen Fitness leider häufig anzutreffen.

Bei Anruf: Abschied im Affenzahn

Am Heiligen Abend kam mein Freund Bruno aus Portugal nach Berlin, um sein neues Auto aus Deutschland abzuholen und mit der ganzen Familie Weihnachten zu feiern. Wir kennen uns schon ewig und besuchen uns regelmäßig.

Alles verlief harmonisch, bis Brunos Handy brummte. Seine aufgeregte Cousine war dran. Nicht um ihm ein frohes Fest zu wünschen, sondern um Bruno mitzuteilen, dass seine kranke Mutter nach ihm gerufen hatte. „ Bruno, komm bitte schnellstens nach Braga! Deine Mutter braucht dich jetzt so dringend wie noch nie. Ich flehe Dich an: Mach Dich sofort auf den Weg, wer weiß wie lange Maria noch lebt!"

„ Wütend beendete Bruno das Gespräch abrupt. Empört feuerte er sein Handy auf die Weihnachtstafel, ohne zu bemerken, dass es dabei im Nachtisch landete und wand sich auf Portugiesisch erklärend in die Runde „Es kotzt mich an. Meine blöde Cousine Ines! Lässt sich Jahre nicht blicken und jetzt markiert sie die Heilige. Meine Mutter erholt sich wieder, das weiß ich ganz genau!"

„Was hat er gesagt?" fragte Schwager Uli, während meine Schwester Bruno eine ordentliche Portion Crème Brûlée, samt Handy auf sein Dessert Schälchen klatschte. Dann sah sie ihn streng an und watschte als Krönung noch einen saftigen Schlag Sahne über das damit entstandene Crème Brûlée- Handy- Sahne Konstrukt.

Während Bruno angewidert sein karamellisiertes Telemobil aus dem Nachtisch fingerte, übersetzte ich kurz das Telefonat von Portugiesisch auf Deutsch.

„Tja! was sollen wir bloß dazu sagen?" meinte Schwager Uli achselzuckend. „Nur Du allein kannst die Situation einzuschätzen", ergänzte mein Sohn Timo schließlich und sah Bruno ratlos an.

Einige Tage später, als ich gerade vom Einkaufen nach Hause kam, sah ich Bruno regungslos in seinem neuen Auto sitzen.

„Was ist denn los mit Dir? Du bist ja ganz blass" stellte ich fest. Bruno starrte wortlos vor sich hin. „Deine Mutter?" fragte ich zögerlich und schaute ihn erwartungsvoll an. „Ja" hauchte er leise. „Meine Mutter. Sie ist, sie ist gestorben." Bruno schluchzte.

„Oh je, das ist nicht wahr" rief ich erschüttert aus, versuchte Bruno zu trösten und nahm in die Arme. Dann benachrichtigte ich meinen Sohn Timo, der sofort vorbei kam. Wir zündeten eine Kerze für Brunos Mama Maria an und hörten ihre Lieblingsmusik, das Ave Maria von Schubert.

Bald darauf summte schon wieder Brunos Handy. Es war sein Bruder Chico. Brunos Gesicht verdunkelte sich während des Telefonats. Plötzlich sprang er auf und tobte in sein Telefon „Wage es nicht über unsere Mutter zu reden, wie über die Ersatzteile Deines Motorrads!" und klickte er das Gespräch weg. „Was hat denn Maria mit den Motorrad Ersatzteilen deines Bruders zu tun?" fragte Timo entsetzt.

„Ach" meinte Bruno. Bis zur Beerdigung geht es blitzschnell. Erst bringen sie Mama aus dem Krankenhaus ins Krematorium. Dann wird sie verbrannt. Danach kommt ihre Asche in die Urne..." „Oha!" Timo war schockiert „Das hört sich ja an wie eine Gebrauchsanweisung für die Inbetriebnahme eines Staubsaugers und nicht wie eine Beisetzung?"

„Genau, wann ist denn die Trauerfeier?" hakte ich ein."Dienstag früh!" erwiderte Bruno „Niemals! Silvester gibt es keine Trauerfeiern" bezweifelte ich „In Portugal schon" meinte Bruno überzeugt. „Aha, andere Länder andere Sitten!" stellte ich ungläubig fest. Dann beugte sich Bruno zu mir und fragte leise „Begleitest Du mich in meinem neuen Auto? Alle Flüge sind voll. "

„Klar, aber heute ist doch schon Sonntag. Wie wollen wir denn so schnell nach Portugal kommen?" wand ich ein „Na, ganz einfach: Heute mittag fahren wir los und Dienstag früh sind wir da" meinte Bruno optimistisch. Ich war entsetzt „ dreitausend Kilometer mit dem kleinen Auto? Wie soll das denn gehen? Und die Beisetzung verschieben?" schlug ich vor.

Bruno schüttelte den Kopf. „Es geht nicht um die Termine der Verwandten, sondern darum wann ein Platz frei ist."„ Oha! So funktioniert das in Portugal also!" stellte ich fest, atmete tief durch, beschloss Bruno zu begleiten und mit Würde die Mutter zu Grabe zu tragen.

Am selben Nachmittag fuhren wir los. Ich saß konzentriert am Steuer, während Bruno mich mit Anweisungen überforderte „Fahr nicht so schnell! Wenn die Polizei uns anhält, dann zahlst DU die Strafe! Pass auf! Du riskierst deinen Führerschein! Vorsicht, der LKW."

Seinen Maßregelungen zum Trotz fuhr ich Bleifuß bis die Tacho Anzeige kollabierte. So kamen wir immerhin ganz gut voran.

Später übernahm Bruno das Kommando. Frankreichs Autobahn Gebühren verärgerten ihn maßlos. „Alle zehn Kilometer verlangen sie einen Euro? Ohne mich! Wir fahren Landstraße. Kapitalistische Systeme unterstütze ich nicht" fluchte er.

Wie wir bei chronischen 70km/h pünktlich in Braga ankommen wollten, war mir allerdings mehr als schleierhaft. Unerklärlicherweise fuhr er an mehreren Tankstellen vorbei, obwohl die Benzinanzeige schon eine ganze Weile im besorgniserregenden Signalrot schlapp zu machen drohte. „ Hey, halt an. Der Tank ist leer! Warum fährst du denn immer weiter?" rief ich entsetzt.

„Gleich kommt eine Supermarkttankstelle, da sparen wir drei Cent pro Liter" meinte Bruno überzeugt. „Genialer Plan! Was lässt du dir denn noch einfallen, um zu spät zur Beerdigung zu kommen?" knurrte ich.

„Quatsch, nur noch sieben Kilometer bis..." meinte Bruno im ungebremsten Optimismus, woraufhin der Wagen kröögsch machte und der Motor ausging. Wir rollten in einen Graben.

„So, mir reicht´s! Ich gehe zu Fuß weiter und fahre mit dem Zug nach Braga. Versauere doch auf der öden Landstraße bis du deine Supermarkttankstelle gefunden hast!" schrie ich, stieg aus, hievte meinen Trolli aus dem Kofferraum und rollerte damit wortlos die karge französische Landstraße hinunter, ohne die leiseste Ahnung zu haben wo ich mich befand.

Stampfend lief ich planlos weiter ohne mich umzudrehen. Plötzlich sah ich auf einem Hügel tatsächlich eine Supermarkt Tankstelle und dachte sofort an Bruno. War die Angst so groß vor der Beerdigung seiner Mutter, dass er alles unternahm, um sie zu verpassen?

Meine Wut transformierte sich in Mitleid.

An der Zapf Säule besorgte ich einen Kanister mit Benzin und nahm ein Taxi zurück. Bruno staunte nicht schlecht, als ich mit dem Kanister ankam und sagte „Danke, dass du zurück gekommen bist!" „Ist schon ok!" entgegnete ich seufzend.

Er schüttete Benzin in den Tank, aber der Wagen sprang nicht an. Bruno verstummte. Ich zwang mich zur Milde. Während er sich ins Auto setzte, stürzte ich mich auf die Fahrbahn und winkte wild, bis ein Fahrzeug stoppte, das uns bis zur nächsten Tankstelle abschleppte. Wir tankten, bezahlten und wollten losfahren. Außer „Tattatatta-Schrööööng, Schröng!" war die Karre leider zu nichts zu bewegen.

Die Tankanzeige rührte sich nicht. Bruno eilte empört zum Schalter, um das, seiner Meinung nach, unrechtmäßig abgebuchte Geld der Kreditkarte zurück zu fordern. In der Zwischenzeit fragte ich einen Passanten, ob er uns helfen könne den vollgetankten Wagen an zuschieben. Der Herr schob nur einige Meter und das Auto sprang tatsächlich an.

Überwältigt bedankte ich mich.

Dann kam auch schon Bruno aufgebracht zurück gerannt. Er bemerkte verblüfft, wie sich der Wagen im Kreis bewegte.

„Los, spring rein, der Motor geht sonst aus!" rief ich ihm zu. Bruno begriff und sprang ins Auto. „Und nun?" fragte ich forschend „Willst Du vor lauter Sparmaßnahmen die letzte Ehre deiner Mutter verpassen?! Oder darf ich zur Abwechslung mal weiterfahren? Vergiss die Autobahn Gebühren, die übernehme ich." Endlich nickte Bruno ergeben.

Agência Funerária- Beerdigungsinstitut

Im strömenden Regen kamen wir total übermüdet, aber pünktlich eine Stunde vor der Beerdigung in Braga bei Bruno´s Brüdern David und Chico an. Versteckte Tränen nach dem *Männer Weinen Nicht!* Ehrencode. Umarmungen. Ich zog mein schwarzes Kleid an, ging ins Wohnzimmer und fragte leise „Sagt mal, wo ist denn die restliche Familie? Treffen wir sie direkt auf dem Friedhof?"

Die Brüder starren wortlos auf den Fußboden und antworteten nicht. Bruno erklärte ihnen theatralisch „Wenn IHR wüsstet welchen Mega Stress wir hinter uns haben, um Mama zu beerdigen. Im Affenzahn sind wir die dreitausend Kilometer hier her gedüst! Stimmt´s Rosa?" Ich nickte stumm, guckte ihn groß an, woraufhin er sich aus dem Sessel erhob und seine Brüder mit lauter Stimme aufforderte „Also dann. Lasst uns losfahren."

Nach einer Pause räusperten sich die Brüder David und Chico im Chor und schauten uns vielsagend an. Chico knuffte David in die Rippen, während David Chico zuflüsterte „Sag du´s ihnen!" aber der schaute versteinert auf den Fußboden ohne einen Laut auszustoßen.

„Was ist hier los, verdammt noch mal?" dröhnte Bruno.

„Tja" meinte David schließlich. „Tja, also. Wir haben da etwas verwechselt!" krächzte er heiser. Ich sprang auf „Wie? Was habt Ihr denn verwechselt?" wollte ich wissen.

„Na ja! Die Trauerfeier war schon gestern, aber wir dachten sie ist heute. Mit Beerdigungen kennen wir uns doch gar nicht aus" meinte David entschuldigend.

„Hör sofort auf damit, mir ist überhaupt nicht nach schlechten Witzen zumute. Wenn es wirklich so ist, warum, zum Teufel habt ihr uns denn nichts gesagt? Wir haben eine Höllenfahrt hinter uns" röhrte Bruno, sprang auf und sank sogleich resigniert wieder zurück in seinen Sessel.

Chico blickte hoch, bestätigte Davids Aussage kleinlaut mit „Es ist wahr!" und senkte seinen Blick wieder auf den Fußboden.

Fassungslos stammelte ich ungläubig „Da riskieren wir alles, legen blitzartig zig Tausende Kilometer im Turbo Speed zurück, um eure Mutter zu beerdigen und dann habt ihr mal eben was verwechselt?

Sagt mal tickt ihr noch ganz sauber?! Und WIESO sind wir dann hier?" schrie ich aufgebracht.

„Ihr seid hier" überlegte David angestrengt „Ja, ihr seid hier...naja, ihr seid hier..." Nach einer ganzen Weile schoss es aus Ihm heraus wie aus der leibhaftigen Osram Erleuchtung „Um die Urne abzuholen. Natürlich! Ihr seid da, um Mamas Urne abzuholen!"

Erleichtert forderte David seinen Bruder Chico auf die Agência Funerária anzurufen. Chico, der offensichtlich froh war etwas anders zu tun, als dumpf auf den Boden zu starren, zückte sein Handy und rief das Beerdigungsinstitut an. Er kannte den Betreiber José persönlich.

„Hey José, ich bin´s Chico. Wie geht´s? Wir wollten die Urne unserer Mutter abholen. Bist du da?!" Verblüfft wunderte ich mich wie Chico mit José sprach.

Es hörte sich so an, als wollten die beiden ein Bier trinken gehen, aber absolut nicht so als ginge es um die Urne seiner Mutter.

„Hi Chico!" trällerte José, offenbar schon etwas alkoholisiert durchs Telefon zurück „Heute geht´s nicht, wir haben geschlossen. Es ist doch Silvester! Erst am 2. Januar mach ich den Laden auf. Tut mir leid. Bis dahin. Um Bom Ano para familia toda!" lallte Bestattungsinstitut Betreiber José lautstark in Chicos Handy.

„Danke, wünsche ich dir auch!" erwiderte Chico lässig zurück und beendete das Gespräch. Dann drehte er sich zu uns um und bestätigte „Heute ist geschlossen, erst am 2. Januar wieder!" Ich kniff mir in den Arm, um sicher zu gehen, dass ich nicht träumte.

Bruno starrte an die Wand und fragte mit grünlichem Gesicht "Wer war denn bei der Trauerfeier dabei?" „Na nur Chico, José aus dem Beerdigungsinstitut und ich! Es wusste ja keiner dass DAS die Zeremonie sein sollte" meinte David unbeholfen „Ach so! Und Papa? Wo war der? Und was sagt er dazu?" wollte Bruno wissen. Genervt erwiderte David „Wo schon? Zu Hause! Und was soll er dazu sagen? Das will ich mir lieber gar nicht vorstellen. Ist eben dumm gelaufen"

Arme Maria, dachte ich. Als sich die Gemüter nach einer ganzen Weile halbwegs beruhigt hatten, öffnete David eine Flasche Wein, räusperte sich, klopfte klingelnd mit einem Teelöffel ans Weinglas und sagte feierlich:

„Um brinde a velha! Era uma chata, mas gostamos dela!" das heißt „Auf die Alte! Sie war zwar eine Nervensäge, aber wir mochten sie trotzdem!" Er erhob sein Glas und goss uns zustimmend ein. Bruno und Chico wiederholten den Trinkspruch.

Verschluckend prustete ich den Wein über den Tisch. Danach besoff ich mich hoffnungslos!

Am 2. Januar war es dann soweit. Alle Angehörigen, auch der Vater, waren ernsthaft verstimmt nach alledem und wollten nichts mehr mit den Brüdern zu tun haben!

Bruno, David und Chico jedoch interessierten sich für den Groll der Verwandtschaft ungefähr so sehr wie für einen staubigen Sack Kartoffeln auf einem unbedeutenden Feld in Hitzacker.

Regen schüttete wie aus Eimern vom Himmel, als wir uns auf den Weg zur Agência Funerária machten. In Sekundenschnelle waren wir bis auf die Knochen durchnässt. Die Brüder schlüpften schnell in das Beerdigungsinstitut und riefen mir zu „Komm rein, Rosa, du holst dir noch was weg bei dem Sauwetter!" „Moment, ich bin gleich soweit" erwiderte ich wie angewurzelt, als mein Blick am Fenster der Agência Funerária kleben blieb.

Was war das nun wieder, staunte ich verdutzt? Mir stach eine Vitrine ins Auge, die von unendlich vielen, bunten Lämpchen umzingelt war. Sie blinkten, an ein Bordell erinnernd, penetrant wild. Mein Blick wanderte auf schrille, Neon farbige Putten, Madonnen Figuren, betende Hände von Dürer auf Pinken Plastik. Künstliche Blumen in allen Regenbogenfarben ergänzten die ebenso farbig schillernden Grablichter. Wie in einem chinesischen Karnevalsartikel Geschäft türmten sich Regal weise sämtliche Bestattungsutensilien.

Mit offenem Mund betrat ich schließlich die Agência Funerária. Die drei Brüder standen verloren herum. Niemand hatte sie begrüßt. Zwei gelbe Plastik Sessel zierten den Eingangsbereich des engen Instituts. Ich setzte mich.

Wir warteten auf Chicos Freund und Bestattungsinstitut Betreiber José.
Der kam nicht im Anzug gekleidet, so wie ich es aus Deutschland her kannte, sondern in legeren Jeans und Bomber Jacke gut gelaunt aus seinem Büro geeilt.

José hielt etwas im Arm, das einen American Football ähnelte und in poppigem Cordura Nylon Henkelmann mit Griff unweigerlich an die Mahlzeit von Schwerstarbeitern erinnerte.

Mit festen Händedruck begrüßte er uns, ohne sein Beileid auszusprechen, einzeln. Dann sagte er ohne Umschweife „Kommen wir zur Sache!" und winkte uns salopp in sein Fensterloses Büro.

„Ach, bevor ich's vergesse" ergänzte José „hier ist sie, die Urne eurer Mutter, bitteschön!" Betont sportlich überreichte er ausgerechnet Bruno die Asche von Maria in der Urne, umhüllt von poppigem Cordura Nylon, mit Griff. Bruno erschauderte und übergab in Sekundenschnelle das Gefäß an David weiter, der wiederum dabei erstarrte, als hätte er in glühende Kohlen gefasst und dann sogleich Chico die Urne zuwarf. Auch Chico wollte sie nicht behalten und gab sie mir schnell weiter, als hätte er in einen Zwiebelschneider gegriffen.

Ich nahm sie an mich. Allein das Gewicht von Maria's Urne vermochte die Absurdität der Szenerie leise in Frage zu stellen. Ich spürte die bleierne Schwere der Urne im Arm und fragte mich ständig was Maria von alledem wohl halten würde.

Wir setzten uns zu dem gut gelaunten José ins Büro und handelten die finanziellen Details ab.

Dann wünschte er uns abermals ein fröhliches Neues Jahr, klopfte den drei Brüdern kumpelhaft auf die Schultern, schüttelte seine Rolex Imitation Armbanduhr aus Thailand das Handgelenk hinunter, entschuldigte sich für seinen nächsten Kunden, der bereits im Eingangsbereich wartete und begleitete uns noch bis zur Tür, an der jedes Mal beim Näherkommen in den Bereich der Lichtschranke ein schrilles, Ohren betäubendes, niemals enden wollendes, *DingDongDing DongDingDong* ertönte.

Kinder machten sich einen Spaß daraus hinein zu hüpfen, so dass nicht nur ihre genervten Eltern, sondern alle anwesende Trauergäste einem niemals enden wollenden *DingDongDingDongDingDong* Lärm Pegel hilflos ausgesetzt waren.

Schließlich rannten wir im flutenden Regen mit Marias Überresten im Arm zurück zum Auto.

„Was machen wir jetzt bloß mit der Urne? Wo wird sie denn begraben?" grübelte ich.

„Darüber haben wir uns überhaupt noch keine Gedanken gemacht!" meinte Chico zögerlich und fuhr nachdenklich fort „Wir könnten sie ja erst mal über den Esstisch im Wohnzimmer an die Lampe hängen, dann ist die Alte - „A Velha" immer dabei wenn wir zu Abend essen."

David protestierte „Nein, auf gar keinen Fall kommt sie an die Esstischlampe. Ich bin dagegen. Erstens ist die Urne viel zu schwer, reist womöglich den ganzen Armleuchter von der Decke mit runter und zweitens finde ich es geschmacklos wenn sie über dem Esstisch baumelt."

„Ach, das findest du also geschmacklos!" staunte Bruno nicht schlecht.

Nach einer Pause sinnierte David schließlich „Ich hab´s: Wir stellen die Urne auf den Kamin und dann begraben wir sie nächsten Sommer in Mamas Geburtsort Bordeaux". Und weil keiner von uns Ad hoc einen besseren Plan hatte, blieb es bei seinem Vorschlag.

Zwei Sommer sind derweil ins Land gegangen. Ob Davids Idee irgendwann tatsächlich realisiert wird, weiß allerdings keiner so ganz genau.